KB157857

한국 희곡 명작선 80

소풍血豐전

한국 희곡 명작선 80

소풍血혈전

김나영

평민사

김나영

소풍(血)혈전

등장인물

아버지 : 80대 중반. 황스한방병원 이사장. 실향민이다.

황수길 : 50대 중반. 장남. 황스한방병원 부이사장 겸 본원 원장.

강명주 : 50대 초반. 며느리. 잇속에 밝고 아부에 능한 속물.

황수희 : 50대 초반. 장녀. 며느리와 동갑. 서로 앙숙이다.

박성광 : 50대 중반. 큰사위. 중대형교회 목사. 교회 부지 이전에
　　　　혈안이 되어있다.

황수정 : 40대 후반. 차녀. 대형 입시학원 원장. 정계 입문을 꿈꾸
　　　　는 야심가다.

이대로 : 40대 후반. 작은사위. 직함은 공동원장이지만 사실상 차
　　　　량 운전 담당.

황수근 : 40대 중반. 차남. 손대는 사업마다 말아먹지만 어딘지
　　　　인간적인 이혼남.

황수현 : 20대 후반. 막내. 타로카페 운영. 일본인 후처한테 얻은
　　　　자식이다.

김비서 : 60대 중반. 오랜 세월 잘 길들인 아버지의 오른팔.

때

초여름 해질녘.

무대

이 희곡은 야외극을 위해 썼다. 한 번 등장한 인물은 극이 끝날
때까지 무대를 떠나지 않기 때문에 그들의 이야기는 무대 곳곳
에서 동시다발적으로 진행된다. 그러므로 어떤 부분은 강조되고
어떤 부분은 흘러갈 것이다. 어떤 부분은 관객 코앞에서 행해지
고 어떤 부분은 먼 풍경처럼 펼쳐질 것이다.

이 연극에서 중요한 것은 형제들의 외적 변화다. 차려입고 점잔
을 빼며 등장했던 그들은 시간이 갈수록 지저분하고 추하고 우
스꽝스러운 몰골로 변해간다. 옷은 찢어져 너덜거리고 밀가루와
흙투성이가 된 채 마침내 '피투성이 짐승'으로 변한다. 그러므로
그들의 타락은 매우 '시각적'이다.

늘씬하게 정장을 빼입은 수정과 투실투실 기름기 도는 수희가 들어온다. 그들에게서 중산층의 안정감 대신에 넘실대는 욕구불만이 드러난다. 수희는 고급스러운 보자기로 싼 상자를, 수정은 흔한 과일바구니를 들었다.

수희 (주변을 휘둘러보며) 여기도 좀 올랐으려나?

수정 부동산 보는 눈 하난 정확하시잖아. 못해도 서너 배는 올랐을걸?

수희 너 근데 정말 아버지한테 아무 소리도 못 들었어?

수정 무슨 소리?

수희 소풍 가잔다고 얌전히 따라나설 니가 아니잖아.

수정 말이 통해? 오늘 중요한 미팅 있다는데 전화 뚝 끊어버리시는 거 있지.

수희 누가 말려 우리 아버질.

수정 (입이 근질거려) 나 이따 누구 만나는 줄 알아?

수희 알게 뭐야.

수정 이거 진짜 비밀이야. 언니만 알고 있어야 돼. (귀에 대고 뭐라 뭐라)

수희 그게 누군데?

수정 대한민국 권력의 실세 몰라?

수희 내가 설마 대통령 이름도 모를까.

수정 거기서 대통령이 왜 나와? 뉴스 좀 봐라. 우리나라 권력이 삼청동에 있나 서초동에 있나.

수희　애가 누굴 뉴스도 안 보는 여편네 취급하네. 다시 말해봐. 그 권력 실세 이름이 뭐라고?

수근　(밖에서부터) 어이! 큰누님, 작은누님!

한 손에 편의점 봉투를 덜렁덜렁 들고 수근이 나타난다. 쫙 빼입은 누나들에 비해 머리끝부터 발끝까지 대충 걸쳤다는 느낌.

수정　(떨떠름한 표정으로) 너도 부르셨니?

수근　모자란 놈은 자식 아닌가요? (수희에게) 아이고, 깜짝이야. 우리 큰누님은 갈수록 엄마네.

수희　나도 거울 보다 깜짝깜짝 놀란다.

수근　그나저나 우리 작은누님은 백화점 1층을 통째로 발랐나 어쩜 이렇게 나날이 젊어지쇼?

수정　뭐 먹고 사나 했더니 제비짓 시작한 모양이구나.

수근　너무 고치지 마쇼. 미인박명이랬어. (낄낄거린다)

수정　이게 콱!

수희　(인상 쓰며) 근데 너… 술 마셨니?

수근　반주 삼아 가볍게 딱 한 잔.

수희　가볍게 딱 한 잔 한 놈이 술 냄새를 이렇게 풍겨? 차는? 주여! 너 설마 음주운전 한 거야?

수근　몇 잔 안 했어요.

수희　(등짝을 때리며) 이게 미쳤나! 딱 한 잔 했다던 놈이 금방 몇 잔? 아버지한테 맞아 죽고 싶어서 환장을 했지?

수근	(비닐봉지에서 캔맥주 하나를 꺼내 따며) 와서 마신 겁니다. 오기 전엔 입에도 안 댄 거예요.
수정	(수희에게) 김 비서한테 전화 좀 넣어봐.
수희	내가 왜?
수정	(빤히 본다) ….
수희	너 지금 날…? 허! 애 진짜 웃기는 애네!
수정	(신경질적으로 전화 걸며) 내가 어떤 사람인지는 우리 식구들만 몰라. 나랑 밥이라도 한 끼 먹자고 안달 난 사람들이 동대문운동장을 꽉 채우고도-
수희	동대문운동장 없어진 지 오래거든? (약 올리듯) 뉴스 좀 봐라 뉴스 좀.
수정	김 비서! 김 비서? (전화 확인) 받은 거야 안 받은 거야? 김 비서!
수희	정신 똑바로 차려 이것아. 허파에 바람 들어 그나마 쏠쏠한 입시학원까지 홀라당 말아먹지 말고.
수정	(다시 전화 걸며) 홀라당 말아먹어도 언니한텐 손 안 벌릴 테니 걱정 끄셔.
수희	벌려도 안 나오네. 신도 오천 명짜리 코딱지만한 교회에서 헌금이 나와 봐야 얼마나 나온다고.
수정	신도 오천 명이 코딱지야? 오천 명이 매주 만원씩만 헌금해도--
수희	동네가 후져서 만원짜린 별로 들어오지도 않아. 목사들이랑 직원들 월급 주고 나면 남는 것도 없다.

9

수정 남는 게 없어서 죄 명품으로 휘두르고 다니십니까?

수희 명품은 무슨! 요즘 누가 천만 원도 안 하는 걸 명품으로 치니?

수정 (무시하고 다시 전화 걸며) 김 비서 이 인간 전화는 도대체 왜 안 받아! 암튼 똑똑한 데라곤 없는 김 비서는 왜 옆에 두시나 몰라.

수희 사고는 쳐도 사기는 안 치잖아.

수근 (불쑥) 근데 말예요. 김 비서님은 왜 어느 날 갑자기 김 비서가 된 거예요? 원래 김 기사였잖아요.

수희 김씨 아저씨였던 적도 있지.

수정 (혼잣말로) 오천 명이 만원이면 오천만원. 한 달이면 이억? 미쳤네!

수희 아니라니까! 너야말로 학원이 강남에만 세 군데나 있다며?

수정 모르면 입 다물고 있어. 강사들 몸값은 올라가지 입시생은 해마다 줄지, 안 그래도 간신히 버텼는데 코로나까지 덮쳐서는. 애들 과자값도 안 되는 재난지원금은 왜 그렇게 나눠줘? 망할 놈한테 줄 돈 있으면 될 놈을 밀어줘야 할 거 아냐. 안 그래?

수희 코로나 얘기 나왔으니 말인데, 교회만큼 타격 입은 사업 있음 나와 보라 그래. 걸핏하면 예배부터 금지시키고 말이야. 코로나는 핑계고 본질은 종교탄압이라니까.

수근 (두리번거리며) 작은 매형은 같이 안 왔어요? 인간미 넘치는 우리 작은 매형 못 본 지 오래 됐는데.

수정 그 인간은 다 된 밥에 재 빠뜨리는 게 취미라 중요한 자리에 데리고 다닐 수가 없어. 황수정 인생에 진짜 요만큼도 도움 안 되는 인간!

수근 너무 그러지 마쇼. 우리 집안에서 유일하게 사람 냄새 나는구만. 딸꾹!

수정 깜빡할 뻔했네. 황수정 인생에 요만큼도 도움 안 되는 인간 여기 하나 더 있는데.

수근 (주변을 둘러보며) 그거 혹시 나예요?

수희 그만 마셔 미친놈아! 술 마시고 운전하다 죽으면 지옥 가. 불지옥에서 천년만년 지글지글 탄다구.

수근 걱정 마세요 자매님. 천당도 요즘 개혁이 한창이래요. 하나님이 오랜 숙원사업이었던 천당 개혁에 매진 중이시라 쪼무래기 범법자들한테는 관심이 없으시다네. 덕분에 지상이 완전 아사리판이에요.

수희 주여! 이 죄인의 조동아리를 용서하시옵소서….

수정 아버지 오신다!

수희 너 이 자식 비틀거리지 말고 똑바로 서 있어.

수희와 수정, 각각 수근을 향해 도끼눈을 찍은 다음 수선을 떨며 쫓아나간다. 그러거나 말거나 남은 맥주를 유유히 마저 마시는 수근.

수정   (소리만) 아버지 오셨어요?

수희   (소리만) 차 오래 타시느라 힘드셨죠?

휠체어에 탄 아버지를 장남인 수길이 모시고 들어온다. 꼬장꼬장한 인상이지만 젊어서는 인물이 좋았을 것 같은 아버지에 비해 수길은 그만 못한 얼굴에 이마가 벌써 훤하게 벗겨졌다. 몇 걸음 떨어진 곳에서 김 비서가 커다란 짐 보따리를 카트에 실어 질질 끌고 온다. 과묵한 데다 험악한 인상이지만 온몸에서 충직함이 묻어난다.

안 보일 때부터 계속되던 아버지의 잔소리가 차츰 또렷해진다.

아버지   오라면 올 거이디 고저 핑계가 많다! 메누리가 둘이 있네 셋이 있네? 게우 하나 남디 않았네. 중요한 가족모임에 빠딜 만큼 바쁜 일이 도대체 뭐이가 있어!

수길   '중서울 한의사협회 원장부인 주최 소년소녀가장 돕기 바자회'요. 집사람이 모임 회장이잖아요. 1년에 한 번 하는 아주 큰 행사라니까요.

아버지   기래봤댔자 애미나이들 계모임 아니네!

수길   계모임이 아니고 바자회라니까요. 그리고 왜 안 중요해요? 그게 다 일종의 내조 비즈니슨데.

아버지   내래 한약방을 안 해봤네?

수길   한방병원이요 아버지.

수희   왜요? 올케가 또 아버지 혈압 오르게 했어요?

아버지 기래서 재미나 죽갔디?

수희 아버지도. 전 진짜 중요한 사모들 모임 있는데 아버지 보고 싶어서 빠지고 왔단 말이에요.

수정 황수정 참석이요.

아버지 꽁지에 불이 붙긴 붙었댔어. 공무에 바쁜 애미나이까디 쪼르르 달려온 걸 보니끼니.

수정 안 그래도 이따 엄청 중요한 미팅 있어서 전 먼저 가요 아버지.

수길 중요한 미팅 좋아한다. 기집애가 얼굴 팔고 다녀서 좋을 거 하나 없어!

수정 사줄 거예요? 아니면 관심 꺼요.

수길 어휴… 저거 저거….

수근 반갑진 않으시겠지만 저도 왔습니다.

아버지 기래. 하나도 안 반갑다. 주정뱅이 아새끼 어디서 낮술은 처마시고 와서리.

수근 기다리기 심심해서 딱 한 캔 했어요. 맞죠, 누님들?

수희와 수정, 표 나게 외면.

수길 넌 도대체 언제쯤 정신 차릴래?

수근 정신 돌아오면 무서워 살겠습니까? 정신 나간 김에 꾸역꾸역 사는 거지.

아버지 우리 막냉이는?

13

수근	여기 왔잖아요. 아버지 막냉이.
아버지	주정뱅이 아새끼래 어드르케 내 막냉이네?

순간 모두의 표정이 떨떠름해진다. 누구랄 것도 없이 입을 딱 다물어버리는 형제들.

아버지	(김 비서에게) 막냉이 오데쯤 왔는디 전화 넣어보라.
김비서	예.
아버지	사위놈들은?
수희	내일이 주일이잖아요.
아버지	바쁘신 큰사위놈 때문에 주일은 피해서 죽어야 되갔구나.
수희	걱정 마세요. 아버지 돌아가시면 요일 상관없이 우리 목사님께서 아주 정성스럽게 예배드릴 테니까요.
아버지	다 필요 없다. 고저 살아있을 때 잘 하라. (수정에게) 니 화상은?
수정	몰라요.
아버지	와 모르네? 드디어 갈라섰네?
수정	학원 지키겠죠.
아버지	잘도 지키갔다. 쯧쯧… 불효막심한 아새끼들! 오라면 올 거이디 황씨 아닌 것들은 코빼기도 안 비티고 말이디.
수근	좋은데요. 황씨끼리 오붓하게.
아버지	입 다물라. 데리고 올 다른 성씨도 없는 주제에!
김비서	거의 오셨답니다.

아버지	기래? 운전 조심하라고 하디.
수길	걘 뭐 하러 부르셨어요?
아버지	가족소풍에 기럼 막냉이만 쏙 빼란 말이네?
수희	껄끄럽잖아요.
아버지	뭐이가?
수희	아버지가 대놓고 편애만 안 하셔도-
아버지	(진짜 어이없다는 표정으로) 내래 막냉이를 편애한다는 고이가?
수근	우리 아버지 배우를 하셨어야 돼.
수정	저는 걔 동생으로 인정 못 해요. 솔직히 아버지 하나도 안 닮았잖아요.
아버지	뭐이 어드래?!
수정	걔 엄마 일본사람인 것도 심히 불편하구요. 한일관계까지 안 좋은 마당에 정치적으로 유리할 게 하나도 없단 말이죠.
아버지	닥치라!
수희	수정이 얘긴 신경 쓰지 마세요. 한일관계 좋아지면 언제 그랬냐는 듯이 싸고 돌 텐데요 뭐. 그보다도 아버지, 걔 타로카펜가 뭔가 차려주셨다면서요?
수근	엥? 저는요?
아버지	막냉이가 뭐 해개지구 먹고 사는디 관심 갖는 거이 아닐 테고.
수희	그런 사탄의 일 하는 애는 멀리하시는 게-
아버지	말조심하라! 태는 달라도 엄연히 내 아들이야!

15

수희 지옥 가고 싶으시면 자꾸 그애 편드시든가요.

아버지 기러는 니들은 지옥 안 갈 줄 아네?

수희 저희가 왜요?

아버지 형제에게 욕하는 놈은 지옥 간다고 고저 성경책에 나와 있으니끼니.

수희 (당황) 네? (진짜 그런 구절이 있나 생각하는 사이)

수근 아버지 성경책도 읽으세요?

아버지 (수희에게) 김 비서는 내 꺼이야. 왜 애미나이래 전화해서 성경책을 읽어라 마라 잔소리네?

수희 잔소리라뇨! 아버지 회개하고 구원받으셔야죠. 그래야 나중에 천국 가서 저랑 다시 만나실 거 아니에요.

아버지 기럼 못 만나갔다. 애미나이래 신도들한테 뻥을 많이 쳐대서 천국 가기 글렀서.

수희 제가… 뻥을… 언제요!?

수정 됐고, 빨리 시작하세요. 제가 이 미팅 잡기 위해서 얼마나 공들인 줄 아세요?

아버지 나도 이 소풍 잡기 위해서리 얼마나 공들인 줄 아네?

수정 그래서 왔잖아요. 대신 빨리 빨리 진행하자구요.

아버지 까불디 말라. 오데서 날래 진행하란 말이 나오네? 내래 맨몸으로 월남해서리 약재 나르는 지게꾼부터 시작했다. 시장통 두 평짜리 한약방을 분원이 네 개나 되는 번듯한 한방병원으로 일궈내기까디 손금 문드러지도록 일했댔서. 남들은 성공했다고들 말하디만 너희들이 아버지의 외로

움을 아네? 아새끼래 다섯이면 뭐 하간. 게우 김 비서 이 놈 하나 곁에 남아서리….

자식들, 또 시작이다 하는 표정을 지으며 노골적으로 지겨움의 한숨을 내뱉는다.

아버지   (버럭) 듣기 싫으네?!
수길   아닙니다.
아버지   아바지 죽더라도 절대 삼촌들 집에 발 들이디 말라. 고저 한 번 거지꼴로 나타나 빌붙었던 것들은 웬만해선 거지꼴 을 못 벗는 법이니끼니. 모르긴 해도 이산가족 상봉으로 풍비박산 난 집안 많았을 기야. 핏줄에 이끌려 집안에 거 지새끼 들여놓기 시작하면 겔국 다 같이 죽기밖에 더 하 갔서?
              (김 비서에게) 한약방이랑 여기저기 건물이랑 땅뗑이 있는 거이 다 모으면 얼마나 되갔서?
김비서   네, 그게…. (하며 수첩을 뒤적거리는데)
아버지   멈추라!

하더니 갑자기 말을 딱 멈추고는 지그시 눈을 감는 아버지. 모두 초긴장 상태로 아버지를 바라본다. 오랜 침묵.

수길   아버지?

수희	아버지~
수정	주무세요?
모두	아버지!
아버지	막냉이 오면 깨우라.
수정	미치겠네. 지금 출발해도 차 막히면 간당간당 하단 말이에요.
수희	그렇게 바쁘면 먼저 가든가.
수길	그래. 소풍이야 다음에 다시 와도….
수정	왜들 이래요? 내가 바본 줄 알아요? (아버지에게) 아버지도 정계 진출 꿈꾸셨잖아요. 이거 진짜 알짜배기 지역구예요. 손에 넣자마자 아버지한테 통째로 드린다니까요.
수희	지역구를 왜 아버지한테 드리니?
수근	나라를 통째로 하나님아버지한테 드린 분도 계신데요 뭘.
수희	그게 누군데?
수정	정말 너무들 하네. 다른 집 같으면 온 식구가 팔 걷어붙이고 밀어준다고 난리야. 황수정 무시하는 건 대한민국에 황씨들밖에 없다니까. (수길에게) 촌구석에 분원 몇 개 세워놓고 그걸로 만족할 거예요? 본원 그 뻔한 부지에다 증축 백날 해봐야 소용없어요. 부실병원 헐값에 인수해서 본원부터 번듯한 곳으로 이전해야죠. 그러려면 뒷줄 필요해요 안 필요해요? (수희에게) 지난번에 불법건축물로 교회 별관 싹 날릴 뻔했던 거 누가 해결했어? 내가 구청장님이랑 자리 마련해준 덕에 잘 넘어갔잖아. 게다가 종교인 과세 국

회 통과가 코앞이야. 못 막으면 버는 족족 세금 따박따박 내고 살아야 한다고. 그럼 언니 취미생활인 명품 컬렉션 계속 할 수 있겠어? 입들이 있으면 말해봐요. 내가 나 혼자 잘 먹고 잘살자고 이러는 거야? 재운이 들면 든 데만 빚을 봐도 관운이 들면 온 집안이 덕을 본다구요!

손수건으로 연신 땀을 닦던 김 비서가 다소 과장되게 외친다.

김비서 막내도련님 도착하셨습니다!
아버지 (눈이 번쩍) 기래?

형제들, 못마땅한 표정을 역력하게 드러내며 일부러 외면한다. 아버지만 반가워서 몸이 돌아가는 걸 수길이 오히려 휠체어를 요리조리 돌려가며 못 보게 막는다.
가방에 뭐가 잔뜩 싸 들고 나타나는 수현. 젊고 멀끔한 외모다.

아버지 우리 막냉이 왔쪄? 똥차 운전하기 불편했띠?
수현 아빠 많이 기다렸지? 미안.

다들 토할 것 같다는 표정으로 쳐다본다. 오랜만에 봤더니 더 적응이 안 된다.

아버지 눈깔 빠디는 줄 알아띠. 기래서 아빠가 벤츠 한 대 뽑아준다고 안 했네?

수길　벤츠요?!

아버지　니들은 다 타는 외제차 우리 막냉이만 타면 안 된다는 법 있네?

수길　그래도 어린 새끼한테 벤츠가 웬 말입니까.

아버지　어따 대고! 니 새끼네?

수현　괜찮아 아빠. 형님들 누님들 오랜만에 인사드립니다.

수현, 일본식으로 허리를 꺾어 인사한다. 몸에 배어있는 깍듯함이 어딘지 이질적인 느낌을 준다.

수근　못 본 새 많이 컸구나. 딸꾹!

아버지　막냉이 나이가 맺인다나 알고 기딴 소릴 지껄이라. 형들이고 누나들이고 고저 관심이 없다. 아무리 태가 달라도-

수정　지금이 몇 시니? 우리가 줄줄이 먼저 와서 너 납실 때까지 기다려야 돼?

아버지　기거이 고저 똥차 타고 오느라-

수현　아냐 아빠. 한두 시간 여유 두고 출발했어야 하는데 내 실수.

수정　재 왔으니까 이제 빨리 시작하세요.

아버지　재촉하디 말라. 막냉이 숨이라도 돌리고 시작할 고이야.

수정　제가 오늘 어떤 vvip 만나는 줄 아세요? 아무나 막 만나주고 그런 분 아니라구요.

아버지 기럼 나는 아무나 막 만나주고 그런 분이네?!

수현 나 괜찮아. 누님 많이 바쁘신가 본데 그냥 시작해 아빠.

아버지 고저 우리 막냉이 봐서 넘어가는 줄 알라. 김 비서, 준비 됐네?

김비서 예.

아버지 풍악을 울리라!

김비서 예? 풍악이요?

아버지 기생 안 불렀네?

김비서 외부인은 출입금지라고….

아버지 쯧쯧… 저건 수준이 딱 고까댜. 말은 잘 듣는데 고저 말만 잘 듣는다. 자리나 깔라.

김 비서가 돗자리를 펼쳐놓는 동안 이어지는 아버지의 잔소리.

아버지 늙은 아바지가 '소풍가게 모이라' 하면 알아서 딱딱 준비를 해와댜. 팔십 넘은 노인네가 비서 닦달하는 일이 쉬운 줄 아네? 뭐 어드르케 됐든 좋다. 몸만 와주십사 부탁한 메누리는 계모임 간다고 코빼기도 안비티고-

수길 계모임이 아니고 중서울 한의사협회 원장부인 주최-

아버지 애미나이들은 늙은 아바지가 애걸복걸 하니끼니 마디못해 바쁘신 중에 왕림해주시고.

수정 언제 애걸복걸 하셨어요? 호통치셨지.

아버지 내래 애걸복걸도 길게 한다. 왜?

수희   어쨌든 다 모였잖아요.

아버지 같이 먹을 음식 하나씩 준비해오란 말은 안 까먹었디? 뭐니 뭐니 해도 소풍 하면 먹고 마시고 풍악을- (하다가) 에잇! 꺼내보라.

수길   (얼른 나서며) 집사람이 준비했습니다. 함께 오고 싶은데 그러지 못하는 안타까운 마음까지 꼭꼭 담아서.

뚜껑을 여는 수길. 아버지, 못마땅한 표정을 짓는다.

아버지 김밥 아니네.

수길   이게 그냥 김밥이 아니구요 한 줄에 이만 원짜리 명품김밥이거든요.

수근   단무지 대신 산삼이라도 들었어요?

수희   병원장 사모님은 뭐가 달라도 다르네요. 김밥도 명품. 근데 우리 아버지 파는 김밥은 소화 안 돼서 싫어하시는데 올케는 그것도 여태 모르나 봐요.

아버지 기러는 우리 큰 애미나이는 뭘 좀 해개지고 왔네?

수희   (보자기를 풀며) 저는 떡 해왔어요 아버지. 명인이 운영하는 집인데요 한 달 전에 예약 안 하면 떡은 고사하고 떡고물도 못 얻어먹는 집이거든요. 진짜 진짜 어렵게 부탁해서 어렵게 만들어온 떡이에요. 그것도 아버지가 제일로 좋아하시는 쑥떡!

아버지 쑥떡은 니 오마니가 좋아해서리 맨날 해댔디. 난 원래 인절미 좋아한다. 콩가루 줄줄 흘리면서 먹는 인절미. 다음, 우리 작은 애미나이는… (하며 과일바구니를 발견하고) 저거네?

수정 이거 그저 그런 과일바구니 아니에요. 쓸데없이 부피만 차지하는 애들은 다 빼고 열대과일로만 꽉꽉 채웠다구요. 여기 애플망고 실한 것 좀 보세요.

수희 딱 보니 엊그제 선물 들어온 거 달랑 들고 왔구만.

아버지 치우라!

수정 (억울해하며 괜히 수근에게) 나 이런 대접 받을 사람 아니라니까!

수근 누가 뭐래요?

아버지 주정뱅이 넌?

수근 (편의점 비닐봉지를 흔들며) 맥주요. 시야시 제대로 된 거.

아버지 뭘 바라갔서.

수정 (휴대폰이 울리자 받는다) 어. 아무래도 빨리 안 끝날 거 같은데 한 시간만 미뤄볼 수 없을까?

아버지 우리 막냉이는 뭐 사와써요?

수현 나 얼마 전에 바리스타 자격증 땄잖아 아빠.

아버지 무슨 자격증?

수현 바리스타. 커피 전문가.

아버지 기래?

수현 아빠 앞에서 핸드드립 시연하려고 준비 좀 해왔지.

아버지 기러니끼니 우리 막냉이가 '손수' 타주는 커피 마셔보는 고이가?

수희 아버지 원두커피 쓰다고 다방커피만 드시잖아요.

수현 설탕도 가져왔어요.

수길 당뇨 때문에 설탕 대신 올리고당 쓰시는 것도 모르냐?

아버지 나대디 말라. 내래 의사 아니네?

수희 아버지가 의사는 아니죠 솔직히.

아버지 (버럭) 면허 기딴 거이가 다 무슨 소용이네! 의사 면허 개지고 있는 저 아새끼래 나 없으면 아무것도 못 한다.

수길 그야 허락 없인 못 하게 하시니까—

아버지 시끄럽다! 고저 4년 공부해서 자격증 딴 아새끼래 60년 공부한 아바지를 따라올 수 있간? (모두 입을 꾹 다문 가운데, 김 비서에게) 이것들 저리 개지구가서 펼쳐놓으라.

김비서, 음식들을 돗자리 위에 정리해놓고 과일이나 떡 등을 틈틈이 아버지 입에 넣어준다. 마치 오랜 세월 같이 산 마누라처럼. 다른 형제들도 종종 먹고 마시고 끼리끼리 모여 두런거린다.
통화를 끝내고 서둘러 돌아오는 수정.

수정 빨리 빨리요 아버지.

아버지 졸싹대디 말라. 아바지한텐 평생을 기다려온 순간이니끼니. 내래 침대에 누워 눈물콧물 짜내는 자식들을 둘러보며 유산을 분배하는 순간을 꿈꿔왔다. 회한에 잼겨 개지고 지난 삶을 돌아보면서… (울화가 치미는 듯) 종간나

새끼. 고저 종부세다 뭐다 그지새끼들 좋으란 법을 맨
들어개지구서. 살아생전 유산을 나눠주게 될 줄 꿈에라
도 생각했갔서?!

다들 놀라는 척. 아버지가 가재미눈을 뜨고 바라보자 서로 민망
해진다.

수현   유산이라니? 무슨 소리야 아빠. 아직 이렇게 정정한데 뭐
          가 급해서.
아버지   (좋아 죽는) 아바지가 원한 게 고저 이런 반응이다.

모두들 재수 없어 죽겠다는 표정을 지으며 수현을 노려본다.

아버지   눈깔 튀어나오갔서! 막냉이가 뭐 틀린 말 했네? 두 눈 시
          퍼렇게 뜨고 있는 아바지한테 유산 내놓으라고 사흘들이
          드나드는 놈들이 틀린 거이다.
수길   살아계실 때 쪼개고 옮기고 명의변경을 해놔야지 돌아가
          시고 나면 편법의 틈바구니가 좁아진다니까요.
수정   아직 안 늦었어요 아버지. 양도세 종부세 개정 전에 나누
          는 게 우리 모두 사는 길이에요.
아버지   기래서? 고거이 다이가?
수희   (서로 눈치 보다) 분당에 그 정도 교회부지 나오는 거 앞으로
          쉽지 않거든요.

수길　그런 부지 있으면 출가외인이 나설 게 아니라 집안사업인 본원부터 옮겨야지.

아버지　길티. 고거이 본론이다.

수정　땅이야 널린 게 땅이지만 정치판에서 기회라는 건 맨날 오는 게 아니에요. 공천이 문제지 공천만 따내면 선거는 진짜 형식이라니까요.

수근　역시 우리 누님들은 통이 커. 이래서 고기도 먹어본 놈이 먹는다니까.

아버지　(수근에게) 사업하디 말라. 한 번만 더 사업하갔다고 까불면 국물도 없을 줄 알라.

수근　사업이라뇨. 그냥 장사요. 영세자영업자.

수정　오빠 뭐 다른 할 말 없어요? 올케 때문에 문지방 다 닳았다는 소문이 있던데.

수길　집사람이 문안 삼아 자주 들르긴 하지.

아버지　(째려보며) 고거이 문안이네? 내래 메누님 때문에 고저 혈압 떨어질 날이 없다. 김 비서, 판때기!

　　김 비서가 보드를 가져다 나뭇가지에 걸어놓는다. 수길, 수근, 수희, 수정, 수현이라고 써놓은 항목 밑에 칸을 만들어 놓은 보드다.

수희　이게 뭐예요?

아버지　점수판이다.

수길　점수…? 무… 무슨 점수요?

아버지	경기를 해서리 순위를 매길 고이야.
수길	경기… 라면 뛰고 달리고…?
아버지	유산은, 등수에 따라 분배하갔서.

모두 눈이 휘둥그레지면서 "예?!" 하고 목소리를 높인다.

아버지	김 비서!
김비서	(수첩을 보고 읽는다) 1등 50프로, 2등 20프로, 3등 15프로, 4등 10프로, 5등 5프로 순입니다. 동점 등 여러 경우의 수를 명시한 종이는 점수판 옆에 붙여놓겠습니다.
사남매	말도 안 돼요!
아버지	기럼 20프로씩 똑같이 나누갔다.
수정	(다급하게) 잠깐만요. 제가 아까도 얘기했지만 집안에 관운이 들면–
수길	정신 차려 기집애야. 정치 그거 호환마마보다 무서워.
수정	제가 오빠보다 잘 나가는 게 그렇게 배 아파요?
수길	암탉 설치는 집안치고 제대로 된 집안을 못 봤으니까 그렇지!
수정	우리 집안에서 제일 설치는 암탉은 올케죠.
수희	옳소!
수길	뭐야?
아버지	입들 닥치디 못하네? 내래 이래서 고저 먼데까디 나오자 했서. 남부끄러운 꼴 보일 게 뻔하니끼니. 어드르케 하갔

서? 아바지 죽을 때 기다리다 똑같이 나눠 갖는 게 낫갔서, 사생결단을 내고 싸워서리 절반이라도 차지하는 게 낫갔서?

수희　주여…!

아버지　기도 끝났네? 기럼 결정하라.

수길　팔팔한 20대랑 붙어서 50대가 무슨 수로 이겨요.

수근　40대도 도긴개긴입니다.

아버지　기럼 말라. 고저 소풍이나 즐기다 가자.

수길　잠깐만요. 그게 그러니까 뛰고 달리고 몸으로 하는 경기인 거죠?

아버지　체력을 안 볼 수야 없디. 낼모레 뒈질 아새끼래 유산을 많이 받으면 고저 과부여편네만 좋아 죽을 거 아니네?

수희　절대 안 돼요! 근데 전 어떡해요. 죽을병도 아닌데 오십견에 관절염에 도저히 몸이 안 따라주는데….

아버지　걱정 말라. 아파서 못 하갔으면 기권도 가능하니끼니.

수희　아버지!

서로 눈치만 보고 누구 하나 나서지 못하는 사이 조용히 휴대폰을 꺼내 드는 수길.

수길　여보세요. 응, 여보. 난데요….

아버지　저 핫바지 아새끼래 마누라한테 허락받는 고이가?

수길, 멀어지며 전화에 대고 소곤거린다. 수희가 수정을 잡아끌고 아버지에게서 제법 떨어진 곳으로 간다.

수희　너 어떻게 할 거야?

수정　언닌? 언니도 형부한테 물어봐야 하는 거 아냐?

수희　몰라. 드디어 헌금도 안 걷히는 후진 동네 벗어나나 싶었는데.

수정　아버지 아무래도 노망나신 게 분명해.

아버지　기런 말 나올까봐 진료기록까지 미리 떼놨서.

화들짝 놀라는 수희와 수정.

수정　들으신 거야?

수희　귀도 좋으셔서 정말.

수길　(전화를 끊지 않은 채 당당하게 수현을 가리키며) 재랑 저희를 똑같은 조건으로 보시면 그건 곤란합니다. 쟨 어디까지나 서자 아닙니까.

아버지　메누님께서 적자 서자 따지라 하셨습네까? 기럼 한 번 따져보갔시오. 내래 본처는 이북에 두고와서리 고저 줄줄이 서자들인데 어쩌갔시오?

수길　(다시 통화) 여보, 그냥 빨리 오는 게 낫겠어요.

수정　뭐예요? 오빠 올케 불렀어요? 이거 반칙이죠 아버지? 안 왔으면 그만이잖아요.

아버지	늦게라도 오갔다면 말릴 수야 없디 않갔네. 가족소풍인데.
수희	그렇… 죠? (얼른 휴대폰을 꺼내든다)
수정	뭣들 하는 수작이야?
수근	어째 꼴찌는 나로 좁혀지는 느낌입니다. 그렇죠 김 비서님?
김비서	(참외를 깎다 말고) 예?
수근	아닙니다. 참외나 마저 깎으세요. 참 이쁘게도 깎으십니다. 꼭 장금이가 앉아있는 거 같네요.

김 비서, 부끄러워하며 고개를 외로 꼰다. 우락부락한 얼굴과 전혀 어울리지 않는 태도라 우습다.

수정	(수근을 가리키며) 근데 쟨 미리 감점 주고 시작하셔야 되는 거 아니에요? 사업한다고 벌써 아버지 돈 무지하게 들어먹었잖아요.
아버지	다들 원하네?
삼남매	네!
수근	가만있어도 어차피 꼴등인데 왜들 이래요? 빈정 상하게….
아버지	너희 가운데 아바지 돈 쓰디 않은 놈 있으면 저 아새끼한테 돌을 던지라!
수희	김 비서, 아버지한테 성경책 많이 읽어드리나 봐요?

화들짝 놀라 대답 대신 흐르는 땀만 연신 닦아대는 김 비서.

아버지 고저 김 비서한테 준비되디 않은 질문 같은 거이 하디 말라. 수첩에 없는 내용은 대답 못하니끼니.

수정 근데 우리 모르게 오빠도 뭐 사고 친 거 있어요? 설마 쥐도 새도 모르게 오빠한테 아버지 지분 넘겨주신 건 아니죠?

수길 곱게 물려주실 아버지면 이런 일을 벌이셨겠냐?

아버지 그 애미나이래 고저 말끔하게 떨어져 나갔디?

수길 아버지!

아버지 말도 말라. 왕년에 테레비 나와서 얼굴 좀 팔았던 애미나이라는데 고저 딱 봐도 꽃뱀이더구만—

수길 (아버지 입을 막으며) 아버지 정말!!

수정 꽃뱀?

수희 오, 주여!

아버지 손 안 치우네? 이렇게 된 거 서로 깔 건 까고 가야디 저 들 떨어딘 아새끼만 다 까발리란 법 있서?

수근 그죠. 아버지 진짜 사랑은 이 황수근이었던 거죠.

아버지 닥치라.

수길 아버지! 동생들 앞에서 장남 체면 좀 세워주시면 큰일 납니까? 어째 한평생 못마땅하게만 생각하십니까.

아버지 나중에 들통나면 고거이 더 망신이야. 척 봐도 꽃뱀 티가 줄줄 흐르더구만 순정이네 어쩌네 있는 주접 없는 주접을

31

다 떨고 말이디.

수길 그야 제가 아버지 안 닮고 순진해서 여자를 잘 모르니까-

아버지 (수길을 발로 막 차며) 오데 가서 칵 뒈지갔다는 걸 왜 말렸나 모르갔서. 지금이라도 안 늦었다. 대구리 박고 뒈지라.

수길 아버지!

아버지 사네 못 사네 하는 메누리년 달래느라 양평 땅뎅이도 떼줬다.

수희 양평 그 알짜 땅을! 주여!!

수정 암튼 올케 대단하다니까. 그 와중에 남겨 먹는 장사를 해?

아버지 날 새갔서! 할 거네 말 거네?

모두들 어찌해야 좋을지 몰라 눈치를 보는 가운데 갑자기 전투적으로 양복저고리를 벗어던지는 수길.

수길 이판사판 '못 먹어도 고'다!

아버지 '하갔다'에 한 표.

수정 공천 못 받으면 황수정 인생 학원에서 썩어 문드러지기밖에 더 하겠어요? 저도 합니다!

아버지 기럴 줄 알았서. '하갔다'에 두 표.

수희 안 하면 분당 땅은 물 건너가는 거잖아요…?

아버지 세 표.

수근 전 안 하고 20프로가 낫겠습니다. (다들 째려보자) 네, 그래도 죽기 싫으면 해야죠.

아버지   네 표. (수현에게) 막냉이는 어쩌고 싶쩌?

수현   나야 형님들 누님들 의견에 따라야지.

아버지   기래. 기럼 만장일치다. (김비서에게) 녹음 잘 했네?

김비서   네.

아버지   최변한테 보내서 바로 공증 거치라.

모두   예?

아버지   한두 푼이 오가네?

수희, 슬그머니 구두를 벗어 돗자리 위에 올려놓는다.

수정   명품 아니라며?

수희   구두만. 싸구려 신으면 발이 아파서.

수정   쯧쯧… 살을 빼.

아버지   첫 번째 경기는 벌써 끝났다. 우승은 우리 막냉이!

모두   네?!

아버지   준비해온 음식으로 정성을 보갔다고 내래 전화로 말 했네 안 했네? 불만 있네? 있어도 접수 안하갔디만.

수길   말도 안 됩니다. 집사람이 싸준 이 명품김밥이 어떻게 후식인 커피 따위에 밀립니까?

수정   애플망고 하나 값도 안 돼요.

수희   제 떡은 명인이 아주 섬세하게 떡메를 쳐서--

아버지   (모두가 항의하는 사이) 쯧쯧… 돈으로 싸지르기 좋아하는 아새끼들이 정성이 뭔디 개르쳐준다고 알갔서? 막냉이한테 스티커 붙이라.

김비서, 스티커를 붙인다. 모두가 망연자실.

아버지   오늘의 두 번째 경기는 소견발표다.

수정   아싸! 내가 누구냐. 무려 청와대 대변인 스피치코치의 수제자 황수정 되겠습니다!

아버지   우리 작은 애미나이래 뭘 발표하갔서?

수정   음… 출사의 변?

아버지   똥 싸는 소리! 고저 땡이다. 니 출사의 똥을 우리가 왜 듣고 앉았네?

수정   그럼요?

아버지   담보 설정에 관한 소견 발표를 하라.

모두   담보요?

아버지   기럼 내래 두 눈 멀쩡히 뜨고 유산을 물려주게 생겨 개지고 담보도 없이 거저 주란 말이네?

수근   그럼 그렇지.

아버지   (김 비서에게) 녹음 잘 하라. 진짜 중요한 건 요 담보 설정 부분이니끼니.

        1등한텐 스티커 두 장, 2등한테도 스티커 한 장이 걸린 중요한 경기다. 시간은 1분. 청와대 수제자부터 시작하는 거이디?

수희   청와대 수제자가 아니구요 아버지.

수정　전화 들어오네. 길어질 거 같으니까 먼저들 하고 계세요. (받으며 멀어진다) 어, 그래. 나야.

수근　나이쓰 타이밍!

아버지　딱 보면 모르네? 저 애미나이래 시간 벌러 간 고이야.

수희　그쵸? 쟤 감점 주세요 아버지.

아버지　기래야갔다? 동생의 불행은 너의 행복이니끼니. (버럭) 누가 먼저 하갔서?! 아무도 안 나서네?

수현　내가 먼저 할까 아빠?

아버지　우리 막냉이가…?

수현　나야 담보 잡힐 게 뭐 있어야지.

아버지　기래 기래. 해보라. (김비서에게) 준비됐디?

김비서　네. (타임워치 누르며) 시─작.

수현　알다시피 난 이중국적자야. 병역문제 때문에 국적 포기도 못하고, 그래서 내 명의로 된 건 아무것도 없어. 카페, 오피스텔, 자동차. 전부 다 아빠 명의라 담보 잡을 수도 없잖아. 그래서 난 그냥 약속을 하려고.

아버지　무슨 약속?

수현　아빠만 허락한다면 집으로 들어가서 남은 시간이 얼마가 됐든 아빠랑 같이 살고 싶어.

사 형제, 허를 찔렸는지 엄청 술렁인다.

수희　야! 너 병역 때문에 한국에서 6개월 이상 못 살잖아.

수현	6개월이나 같이 살 수 있잖아요.
수길	장가는 안 가니? 6개월은 한국 6개월은 일본에서 살 여자가 있겠어?
수현	결혼 안 급해요. 없으면 마는 거죠.
수근	지금이야 안 급하지.
수희	너 얘 아버지 보약 많이 드셔서 앞으로도 20년은 거뜬히 사실 거야. 그렇게 금방 안 돌아가셔.
아버지	입 닥치디 못하네?
수길	저놈 저거 아버지 돌아가시면 유산 들고 일본으로 나를 게 뻔해요. 아버지 평생이 들어간 한방병원을 일본놈한테 물려주시는 꼴이라구요.
수현	저 일본사람 아닙니다 형님. 그거 증명하려고 국적 이탈 안 하고 양쪽 오가면서 불편하게 사는 거잖아요. 입영 면제되면 그날로 일본 국적부터 포기하겠습니다.
수근	10년 뒤 일이다. 너무 장담하지 마라. (하고 맥주 마신다)
수정	속지 마세요 아버지! 저거 군대는 가기 싫지만 유산은 받고 싶다는 말이니까.
수현	약속해 아빠. 각서 쓰라면 얼마든지 쓸게.
아버지	각서나 마나 아버지 살 날이 얼마나 더 남았갔네…?
수현	큰누님 얘기 못 들었어? 아빠 앞으로 20년은 거뜬히 사실 거라잖아.
김비서	(입으로) 땡!
아버지	(몹시 당황하며) 뭐… 뭐네? 이 소린….

김비서 (당황) 죄… 죄송합니다. 실로폰을 놔두고 와서….

아버지 그렇다고 땡이 뭐이네? 딩동뎅이면 몰라도!

김비서 (눈치보며) 딩~동~뎅~

아버지 계속 입으로 낼 고이가?

김비서 ….

아버지 너를 볼 때마다 내래 진정한 인도주의자로 거듭나는 기분이야. (수현에게) 알았댔서. 6개월이라도 아바지 집에서 살갔다는 약속. 꼭 지키라. (나머지 형제들에게) 고저 날래 아무나 하라.

수희 (잠시 기도) 예수의 이름으로 아멘! 이번엔 제가 할게요.

아버지 (귀찮다는 듯 어서 하라는 손짓)

김비서 (타임워치 보며) 시-작.

수희 (지금까지와는 다른 설교 톤으로) 저는 방금 교인을 담보로 설정하라는 응답을 받았습니다. 아멘! 아시다시피 우리 아름다운 주님의 교회는 하나님께서 특별히 선택하신 박성광 목사님의 땀과 열정으로 세워졌습니다.

아버지 세운 건 박 목사 아바지 아니네? 돈 주고 목사안수 받은 양반.

수희 거의 같이 세운 거나 마찬가지예요. 우리 목사님 신학교 졸업 무렵에 시작했으니까. 계속할게요. (다시 설교 톤으로) 처음 신도 150명으로 시작했던 개척교회는 목사님의 눈물과 헌신 덕에 현재 신도수 5천 명이 넘는 중대형 교회로 눈부시게 성장했구요, 이는 오병이어의 기적과도 같은 하나님의 임재 증거라고 저는 감히 확신합니다. 아멘! 할 렐루야!

아버지 됐고, 신도 5천 명을 오데다 쓰란 말이네?

수희 현 신도 5천 명만이 아닙니다. 분당 이전 후에 불어날 예 상 신도수까지 추정컨대 8천에서 만 명에 이르는 신도들 의 주일헌금에서 아버지께 십일조를 바치겠습니다!

수근 대박!

아버지 눈깔 튀어나오갔구만.

수희 예수의 이름으로 아멘!

김비서 딩동…. (눈치 보다) 땡!

수희 (갑자기 양손을 들어 찬양한다) 예수이름으로 예수이름으로-

아버지 그만 하라.

수희 (필 받아) 승리를 얻었네- 예수이름으로 예수이름으로-

아버지 애미나이래 노래 안 그치면 감점 주갔서.

수희 (뚝)!

아버지 고저 헌금 뿜빠이하잔 소릴 뭘 길게 요란하게 하고 자빠 졌네? 길고 종교법인도 법인인데 헌금에 손대는 고거이 범죄 아니간?

수희 (당황하며 급히 전화 꺼내 소곤거리며 통화한다)

아버지 (수길에게) 나서야 할 땐 꽁무니 빼면서 체면 차릴 때만 장 남이디?

수길 할까요?

아버지 하라.

수길　저는 황스한방병원을 담보로 잡겠습니다.

당황하며 급히 타임워치 누르는 김 비서. 조그맣고 소심하게 '시작'이라고 한다.

아버지　제정신이네? 내 병원을 왜 아새끼래 담보로 잡네?

수길　왜냐하면 현재의 원장 체제에서 제가 빠지면 병원이 심각한 타격을 입을 수밖에 없기 때문입니다. 이미 일선에서 물러나신 아버지를 대신해 사실상 황스한방병원의 총책임자는 접니다. 최고결재권자도 저구요. 상속받을 땅이랑 건물 담보로 은행에서 대출받으면 아버지께서 갖고 계신 황스한방병원의 주식 대부분을 매입할 수 있을 것으로 생각됩니다.

아버지　다 지껄였네?

수길　아버지 고생하신 거 다 압니다. 약재상 지게꾼으로 시작해서 한방병원 원장까지, 네네, 정말 대단하시죠. 전쟁의 폐허에서 맨손으로 기적을 이뤄낸 세대 맞습니다. 하지만 변화의 때가 왔다는 걸 인정하세요. 아버지 시대는 가고 아들의 시대가 왔다는 걸 인정하시란 말입니다. 언제까지 왕의 자리를 지키실 겁니까. 저 황수길 더 이상 바지원장 노릇만 하지 않을 겁니다. 주식 처분하시고 병원 행정에서 완전히 손 떼세요. 새로운 왕에게 자리를 내주시란 말입니다!

김비서　　딩~동~뎅~

　　　　　일동. 김 비서를 쳐다본다. 한숨을 푹 내쉬는 아버지. 김 비서,
　　　　　땀을 닦을까 말까 눈치를 보며 손수건 든 손을 어중간하게 들고
　　　　　있다.

아버지　　새로운 왕 좋아한다! 역모자 아새끼 너는 조선시대에 태
　　　　　어났으면 이 자리에서 뒈졌어. 쯧쯧… 담보가 뭔지도 모
　　　　　르는 저 새대구리를 개지구서리 어드르케 의사질을 해먹
　　　　　고 사나. (수근에게) 너 하라! 뭐 담보 잽힐 똑똑한 게 있을
　　　　　까 싶디만.
수근　　　네. 전 아버지 말씀대로 담보 잡힐 만큼 똑똑한 게 진짜 하
　　　　　나도 없습니다. 가진 건 불알 두 쪽뿐인데 그걸 담보로 잡
　　　　　기도 그렇고.
아버지　　미친놈의 아새끼! 누가 니 불알을 담보로 받아주네?
수근　　　그러니까요. 사실 전 큰 욕심 없습니다. 이혼한 마누라
　　　　　한테 딸내미 양육비라도 다달이 보내줄 수 있으면 장
　　　　　땡이죠.
아버지　　이해를 못 했네? 담보를 설정하라는 기야.
수근　　　네. 그래서 말씀인데요… 전 앞으로 시작할 제 가게를 담
　　　　　보로 잡겠습니다. 대신 순수익의 50프로를 아버지 통장으
　　　　　로 바로바로 쏴드리겠습니다. 이상!
아버지　　(잠시 생각) 어드른 장사네?

수근 빵도 안 좋아하면서 대만카스테라에 손댔다 망하고, 세계도 모르고 과자도 모르면서 세계과자할인점에 손댔다 또 망하고, 헐값에 중국산 마스크 잔뜩 수입했다 반품회수까지 하느라 대차게 망하고. 결론은 송충이는 솔잎을 먹고 살아야 한다. 마침 아는 선배가 하우스맥주 프렌차이즈 사업을 시작했는데 들어보니까 이게 딱-

아버지 그만 하라.

수근 네?

아버지 길케 아는 것들한테 당하고도 또 아는 선배네?

수근 이번엔 진짜 믿을 만한-

아버지 그동안은 못 믿을 만한 것들한테 당했네?

수근 백 평도 안 되는 코딱지만한 동네 맥주집인데요 뭐.

수정 코딱지 큰 것도 집안 내력인가보네.

아버지 다음!

수정 제 차렌가 봐요 아버지.

아버지 공무 바쁘신 정계 뒷문께서는 용무 다 마치셨습네까?

김 비서, 갑자기 '푸아' 웃음을 터뜨린다. 모두의 시선이 김 비서에게 쏠린다.

아버지 고저 남들 웃을 때 웃고 남들 안 웃을 때 안 웃는 게 길케 힘드네? 쯧쯧… 시작하라.

김비서 (타임워치 누른다) 시-작!

수정　저는 하나뿐인 제 아들을 담보로 잡겠습니다.

다들 눈이 휘둥그레진다. 태연한 척 관심을 보이는 아버지.

수정　이태양. 영어 이름 썬리. 미국으로 골프유학을 떠난 향년 17세 고등학생. 키 178센티, 몸무게 66키로의 눈부신 신체조건과 IQ143의 경쟁력 있는 두뇌를 지닌! 몇 년 안에 PGA를 발칵 뒤집어놓을, 타이거우즈도 울고 갈 골프 실력의 소유자! 아버지의 자랑스러운 외손자 이태양! 제가 만에 하나 국회 입성에 실패할 경우라도 아버지께서는 향후 10년 동안 PGA를 휩쓸며 각종 상금을 싹쓸이할 외손자 썬이를 오른손에 쥐게 되시는 거죠.

아버지　우리 태양이를 담보로 잡았단 말이디?

수정　네, 아버지.

아버지　(곰곰이 생각) 담보 리스크가 너무 크다.

수정　네?

아버지　구미는 당기디만 유동적인 거이 흠이야. 당분간 수익이 투자액을 못 따라올 거이 뻔하고 슬럼프나 부상 없이 고저 꾸준하리라는 보장도 없다.

수정　일리 있는 지적이세요. 하지만 여기서 중요한 건 제 아들이 철저하게 미국인으로 키워졌다는 사실입니다. 우리 썬리가 어떤 집안 자제들이랑 어울렸느냐? 미 상원 하원 화이트하우스까지 유치원 때부터 최고인맥을 유지하면서 투자가치 최상급을 유지하고 있거든요. 황스한방병원 미국에 분원 세우셔야죠. 미국 진출이야말로 아버지 오랜 숙원이잖아요? 우리도 금수저로 살아봐야죠. 지금 아니면 언제 대대손손 금수저를 물려주겠어요?

수근   우리도 남들이 볼 땐 금수저죠.

수정   18K도 금수저로 쳐주니? 우린 말이야 금칠한 쇳덩어리나 다름없어.

수희   무서운 년….

수길   큰일 낼 년….

아버지   (꽤 구미가 당기는지) 저 애미나이래 고추를 오마니 뱃속에 빠뜨리고 나왔드랬서.

김비서   땡!

아버지   뭐이네? 고저 나한테 땡한 고네?

수정   멀리 보세요 아버지. 다른 담보는 다 썬셋이지만 우리 썬리만 썬라이즈.

아버지   길케 멀리 보기엔 죽을 날이 멀디 않았다. (눈 감고 잠시 고민) 기럼 점수를 발표하갔다!

모두 긴장한 표정으로 손을 맞잡고 아버지를 뚫어져라 쳐다본다.

아버지   1등은 누가 듣기에도 무한감동을 선사한 우리 막냉이. 스티커 두 장!

수정   말도 안 돼요. 전 제 아들을 아버지 손자를 담보로 잡혔다구요!

수길　(다급히) 제가 들어갑니다. 지금이라도 당장 들어가서 제가 아버지 모시고 살겠다구요.

아버지　버스 떠났다.

수길　(수현의 멱살을 잡고) 너 당장 일본으로 꺼져! 다시는 돌아오지 마!

아버지　2등은 주정뱅이. 스티커 한 장.

수근　예?

수정　누구요? 수근이요?

아버지　잘 들으라. 투자의 기본은 고저 리스크 관리다. 나머지 담보들은 기대수익이 큰 만큼 리스크도 크다 이 말이디. 말년 투자일수록 안전하게. 알간?

수근　감사합니다! 바로바로 쏴드리겠습니다. 50프로!

수희　아버지 지옥 가고 싶으시죠?!

아버지　또 뭐네?

수희　그렇잖아요. 하나님의 집은 제쳐놓고 점이나 쳐주는 사탄의 카페에, 주정뱅이 득시글거리는 술집에 투자하고도 천당 가시게요?

아버지　공평한 게 죄라면 지옥 가야디.

수정　공평은 얼어 죽을! 우리 썬리는 미합중국 유나이티드 스테이츠 오브 어메리카! 쪽발이새끼한테 밀릴 이유가 1도 없단 말이에요!

아버지　입 다물라. 고저 심사위원 기분을 상하게 해도 감점이니끼니.

수정   깎일 점수가 어딨어요?!

수정, 아이스박스에 넣어둔 맥주를 꺼내 벌컥벌컥 마신다.

수희   이의 있어요 아버지! (수정이 마시던 맥주를 빼앗아 들이킨다)

아버지 뭐인데 술까지 처마시고 덤비네?

수희   제 담보가 도대체 뭐가 미흡해서 1등을 못 한 거예요?

아버지 애미나이 담보는 1등을 못 한 게 아니라 꼴등을 해드랬서.

수희   왜요 아버지?!

아버지 생각해보라. 의붓아버지 자식들이 낸 돈을 친아바지한테
        주다 걸리면… 내래 성경을 여간 많이 들었어야디. 니네
        의붓아버지 그 양반이 화나면 고저 더럽게 무섭더라.

수희   의붓…! 주여!!

아버지 기래도 걱정 말라. 박 서방 수완이 여간 좋네? 요즘 광
        화문 예배로 올리는 수입이 짭짤하다고 고저 소문이
        쫙 났서.

수희   (전화를 건다) 왜 빨리 안 와요?! 더 빨리 오라구! 하나님아
        버지가 의붓아버지 된 마당에! 몰라요. 끊어요! (전화를 확
        끊고 남은 맥주를 들이킨다)

수길   그냥 당하고만 있을 거야? 보이콧 해야 하는 거 아니냐구.

수정   제 말이 그 말이에요 오빠.

아버지 오! 처음으로 대동단결이 이루어지누만. 기런 의미에서

	다음 경기로 날래 넘어가자.
수길	보이콧 하겠습니다.
아버지	하고 싶으면 얼마든지 하라. 이번엔 뭉치면 살고 흩어지면 죽는 경기를 하갔서. 누가 누구랑 편을 먹느냐가 관건이디.
수희	(눈화장이 흘러내려 얼룩진 눈가를 닦으며) 편먹기요?
아버지	기래. 둘씩 편먹으라. 짝이 안 맞아서 어케 하나 했는데 대머리 아새끼래 보이콧 하는 바람에 딱 맞갔구만.
수희	(수정을 얼른 잡아끌며) 딸끼리 해야지.
수길	(화들짝) 뭐냐 니들?
수근	그럼 난 자동으로….
수길	(하는데 얼른 수현을 잡아끌며) 막내 너 큰형이랑 할래? 팀명은 '큰형이랑 막냉이랑'.
수정	뭐예요? 보이콧 하자더니 개한테 묻어갈 생각인 거예요?
아버지	묻어가는 것도 고저 요령이라면 요령이다.
수근	저는 어떡할까요?
아버지	쯧쯧… 기럴 줄 알았다. 낙동강 오리알 너는 김 비서랑 하라.
김비서	(심하게 당황) 예? 제… 제가요?
아버지	종목은 이인삼각. 많이들 해봤을 기야. (김 비서에게) 개져오라우.

수길이 수현을 붙잡고 소곤거리며 뭔가 지시를 내리는 동안 김

비서는 끈을 나눠주고 턴할 지점에 삼각뿔도 세운다.

아버지   고저 먼저 도착하는 팀한테 각각 스티커 한 장씩이다.

수정   무조건 이기는 거야. 분당 이전 신도 만 명을 위해 파이팅!

수희   국회의원 배지를 위해 파이팅! (침을 후룹 마신다)

수정   취했어?

수희   웃기지 마. 나 왕년 실력 아직 안 죽었어.

수정   침 흘리는 거 보니까 취했는데.

아버지   날래 출발선 앞에 서라.

왼발 오른발을 맞추느라 어수선. 출발선까지 가는데도 넘어지고 난리다.

아버지   쯧쯧… 기케들 마음이 안 맞아서야….

수근   저는 그럼 김 비서님이랑 마음 맞춰서 알콩달콩…. (하며 손을 잡는다. 시선 마주치자 외면하는 두 사람)

아버지   준비 됐네? 시… 시… 시….

아버지가 약을 올리는 사이 성질 급한 수정이 넘어지고 수길도 휘청거린다.

아버지   작!

열심히 달려 나가는 여섯 사람.

휘청거렸던 수길은 출발하자마자 넘어져 버린다. 수현이 친절하게 일으켜 세워 다시 열심히 나간다.

성질 급한 수정과 몸이 굼뜬 수희는 옥신각신하느라 발이 자꾸 안 맞는다.

수근과 김 비서가 손을 맞잡고 천천히 잘 나간다. 결국 가장 먼저 턴하는 수근과 김 비서.

수희와 수정은 넘어져서 싸우고 난리가 났다.

수길과 수현도 열심히 나가는데 결국 수근과 김 비서가 먼저 들어온다.

아버지	(낄낄거리며) 황수근 김 비서 승!
수정	둔해 터져가지고!
수희	나 때문이니? 니가 성질이 급해서 넘어졌잖아.
수정	술 취해서 언니 몸이 멋대로 굴러간 거 아냐.
수희	그래. 술은 나만 마셨다.

수희, 엎어져 대성통곡을 하다가 수근이 건네는 위로의 맥주를 또 마신다.

수길	(줄을 풀어 던지며) 이럴 줄 알았으면 김 비서랑 하는 건데. 젊은 놈이 다리 힘이 그렇게 없어서 어따 쓰겠냐?
수현	죄송합니다.

수근 (맥주를 꺼내며) 김 비서님 우리 축배라도 들까요? 시원하게 쭈욱.

아버지 내꺼 건들디 말라. 운전해야 되니끼니.

수근 취하면 자고 가면 되죠. 하늘이 이불이고 땅이 베개 아닙니까? (하며 드러눕는다)

아버지 술 취해서 노숙하면 입 돌아간다.

수정 (전화 건다) 미팅 취소해! 거물만 줄줄이 만나면 뭐해? 빈 박스 줘서 공천 따낼 거야? 끊어! (끊는다)

수길 저거 간땡이가… 요즘도 차 트렁크에 박스 실어주고 공천 따내냐?

수정 고전이 왜 고전이게요. 언제든 통하니까 어디든 통하니까.

수길 대박이다 진짜.

수정 오늘 대박은 순정 꽃뱀 사건인 줄 알았는데 아닌가?

얼른 입을 오므리는 수길.

아버지 어디 보자… (점수판을 보고 놀란 척) 우리 막냉이가 현재 1등이네?

수현 그래? 난 꼭 1등 안 해도 상관없는데.

아버지 어드르케 욕심이 하나두 없쪄. 형들이랑 누나들 좀 보라. 욕심으로 눈에서 기름이 뚝뚝 흐르디 않네.

형제들의 눈이 수현을 잡아먹을 것처럼 쳐다보고 있다.

수현 (주눅 들지 않고 들으란 듯이) 아빠 혹시 원숭이 포획법 알아?

아버지 원숭이 잡는 법 말이디?

수현 응. 나무에 작은 구멍을 파서 바나나를 넣어두면 원숭이가 손을 집어넣어 그걸 콱 움켜쥔대. 그리곤 손이 안 빠져서 결국 잡히고 마는 거야. 욕심부리다 죽는 거지.

수정 저 재수 없는 새끼….

아버지 우리 막냉이가 고저 이 정도다.

수현 나도 책에서 본 건데 뭐.

아버지 보라. 독서가 취미라디 않네.

수현 심심할 때 가끔.

아버지 (감동하며) 우리 막냉이는 심심하면 책 보는구나야. 쟤들은 심심하면 돈 쓰는데.

수희 (분연히 일어나) 아버지를 말려야 돼! 저 사탄의 하수인이 아버지한테 이상한 짓을 한 게 분명하다구.

수희, 김밥과 과일을 마구 집어먹고 캔맥주도 벌컥벌컥 들이킨다.

아버지 기래. 많이 처먹고 힘내서 고저 악착같이 싸우라. 다음 종목은 닭싸움이니끼니.

수길 예에? 이 나이에 닭싸움을 어떻게….

아버지 우리 쌈닭 같은 황가네 아새끼들한테 고저 딱이디 않네? 먼저 가위바위보로 부전승부터 정하라.

수길 늙은 게 서럽습니다.

아버지   나만큼 서럽네?

슬금슬금 모여서 가위바위보를 한다. 수희가 1등.

수희   만세! 주여! 할렐루야!

수정   겨우 가위바위보 이겨놓고.

수희   지는 가위바위보도 져놓고.

아버지   황수길이가 우리 막냉이랑 붙고 황수정이는 황수근이랑 붙는다.

수길   아니 어떻게 제일 팔팔한 놈이랑 저를 붙여놓으세요?

아버지   기래도 쟨 애미나이 아니네. 주정뱅이랑 붙여줘야 해볼 엄두라도 내보디.

수길   저게 얼마나 독한 년인데요. 남자 열은 쌈 싸 먹고도 남을 걸요?

아버지   시끄럽다. 날래 시작하라.

수정   (타이트스커트의 옆선을 죽 잡아 찢더니) 죽기 살기로 하는 거야. 학원에서 썩어문드러질 순 없다 황수정!

수근과 수정, 닭싸움을 시작한다. 제대로 붙기도 전에 수정이 슬쩍 피하자 수근, 그대로 고꾸라진다. 수정, 박수치며 좋아한다. 수근은 그대로 누워서 자는지 어쩌는지….

아버지   황수정 승! 아깝다. 고저 꼬추를 달고 태어났어야 되는 거인데. 이번엔 대머리아새끼랑 우리 막냉이 차례. 이 짝서 하라. 거긴 돌멩이밭이라 넘어디면 우리 막냉이 다치니끼니.

수현 봐드릴게요 형님.

수길 웃기지 마. 길고 짧은 건 대봐야 아는 거야.

아버지 준비됐떠요?

수현 응.

아버지 시--작!

수길과 수현, 닭싸움을 시작한다. 수현은 천천히 콩콩 뛰면서 조금씩 움직이고 수길은 욕심이 잔뜩 들어가서 과하게 쿵쾅거린다. 그러다 중심을 못 잡고 이상한 곳으로 계속 가서는 결국 철퍼덕 엎어진다.

아버지 우리 막둥이 승!

수길 재수 없는 놈! 봐준대놓고!

수정 걘 살살하던데요 뭐. 오빠 혼자 욕심 때문에 저쪽으로 막 갔지.

아버지 우리 막냉이랑 쌈닭 애미나이 준결승전 준비하라!

수현 살살할게요 누님.

수정 까불지 마. (찢어진 치마를 가리키며) 너 이게 얼마짜리 치만 줄 아니? 독기 품었으니까 너나 조심하란 뜻이야.

아버지 저 애미나이 눈 봐라. 우리 막냉이 조심하야갔다. 기럼

시--작!

수현과 수정 서로 공격을 미루며 천천히 빙글빙글 돈다.

수길	붙어! 붙어!
수희	밀어버려!
수길	빨리 공격해. 시간 끌어봤자 젊은 놈만 유리하다구!
수희	(혀가 꼬여) 아버지 저거 반칙 아니에요?
아버지	뭐이가?
수희	저 자식이 시간 끌잖아요.
아버지	모르면 고저 가만 있으라. 닭싸움은 원래 저렇게 하는 고이야.

수현과 수정 서서히 공격 자세를 취한다. 서로 조금씩 건드려보다가 미친 듯이 달려드는 수정. 풀어헤친 머리카락을 흩날리며 포효한다. 진짜 호랑이 울음소리 들린다. 그 서슬에 수현이 손을 탁 놓으며 두 발 모두 땅에 닿는다. 형제들 환호한다.

아버지	(마지못해) 황수정 승.
수길	봐요. 남자 열은 쌈 싸 먹을 기집애 맞잖아요.
수희	나 그럼 저 기집애랑 맞장 떠야 되는 거예요?
수길	기권하는 게 낫지 않겠냐? 잘못하다 뼈라도 부러지면···.
수희	뼈가 산산조각 나도 해야죠. 아름다운 주님의 교회 부지

53

매입이 걸린 일에 기권이 어딨어요? 나는 한다 여보! 순교
정신이 뭔지 보여주겠다 여보! (침을 후룹)

아버지 독한 쌈닭들 이리 나오라. 내래 황가네 애미나이들 독종
인 거야 진작부터 알았디만 체력 종목에서 나란히 결승에
오를 줄은 상상도 못 했댔서.

수희 전 부전승이잖아요 아버지.

아버지 체급도 무시 못하디. 고저 볼만한 암탉싸움이갔구나야. (김
비서에게) 길티 않네?

김비서 네. (했다 당황하며 입을 다문다)

아버지 알아서 시작하라.

바지를 둘둘 말아 올리고는 작정한 듯 큰 덩치를 딱 버티고 서는
수희.
수정은 풀어헤친 머리를 사납게 흔들어댄다. 맹수들의 으르렁 소
리. 마치 동물의 왕국을 보는 것 같다.
수희와 수정, 드디어 경기를 시작한다.
슬슬 간을 보던 수정이 포효하며 덤벼든다. 맹수들이 뒤엉켜 싸
우는 소리. (실제 맹수들의 싸움 영상을 입혀도 좋겠다)
수정, 수희에게 부딪혀 나가떨어진다. 감격하여 눈물을 흘리며 기
도하는 수희와 억울해서 땅을 치는 수정.

아버지 큰애미나이 근수로 밀어붙여 스티커 한 장 획득!

수희 할렐루야!

아버지	(수근을 가리키며) 저 들떨어진 아새끼래 깨우라. 저거 기절했는디 잠들었는디 코곤다.
수정	그냥 빼고 하죠. 술 취해서 자는 건 기권이나 마찬가지니까.
수희	맞아요 아버지.
수현	내가 깨울게 아빠. (다가가 수근을 흔들어 깨운다) 형님! 작은형님. 여기서 주무시면 안 돼요.
수근	(벌떡) 나 안 잤어. 잠깐 눈 붙이고 하늘 봤어.
아버지	기럼 눈 감고 하늘이나 계속 보라. 다음 종목은 사탕 많이 처먹기 게임이다. 밀가루 속에 숨겨딘 사탕 입으로 찾아먹는 게임. 알디?
수정	요즘 누가 그런 게임을 해요. 초딩도 아니고 너무하신 거 아니에요?
수길	지금까지 한 것 중에 덜 너무한 것도 있었냐?
아버지	하라! 기것도 제대로 초딩처럼 하라. 백발이 성성해도 부모 앞에서는 아새끼 아니네. 늙은 부모 앞에서 늙어가는 아새끼래 재롱을 떠는 고거이 진짜 효도다.
수정	진짜 효도는 입신양명해서 집안을 빛내는 거죠. 저만이 이 집안에서 효도를 제대로 할 수 있는 유일한 자식이구요. 아시겠어요? 유일한 자식.
아버지	기래, 다음 생엔 꼭 아새끼로 태어나라. 김 비서!

김 비서, 어느새 사탕 그릇을 차려놓고 출발지점으로 가서 깃발

을 들고 선다.

수정   (겉옷을 벗어 던지며) 미친 거지. 미친 거야 황수정.

모두 투덜거리면서도 출발선으로 간다. 처음 단정하던 모습은 찾아볼 수 없는 형제들. 체면도 의리도 없이 동물적 본능만 살아서 툭하면 서로 으르렁거리기 바쁘다.

아버지   딱 2분 주갔어. (김 비서에게) 준비됐네?
김비서   네. (휘슬을 문다)
아버지   준비이이이이….

김 비서가 아버지의 눈짓에 따라 휘슬을 힘차게 분다.
미친 듯이 달려가 아귀처럼 사탕을 입에 무는 형제들. 그야말로 가관이다.
아버지, 낄낄거린다. 김 비서도 피식 웃다가 아버지와 눈이 마주치자 얼른 입을 다문다. 밀고 밀치고 박치기하고 그야말로 아비규환.
큰사위 성광이 점잖게 들어오다 그 광경을 보고 입이 떡 벌어진다.

성광   이게 대체 무슨 난립니까…?
아버지   자넨 내일이 주일이라 못 온다고 안 했네?
성광   자주 찾아뵙지 못해 죄송합니다. 건강은 좀-

아버지 고저 형식적인 인사는 치우라.

김비서 5, 4, 3, 2, 1. (종료휘슬 분다)

아버지 그만!

미련이 남아 계속 쟁반에 코를 박고 있는 형제들. 수현만 떨어진다.

아버지 그만! 그만이라는 소리 안 들리네? 지금 안 떨어지면 감점 주갔서.

모두 화들짝 놀라 쟁반에서 물러선다. 입에는 터질 것처럼 사탕을 물었고 얼굴과 옷에는 하얀 밀가루 범벅이다. 삼킬 수 없으니 침까지 질질 흘린다. 정말이지 가관이다.

성광 (인상 쓰며) 여보…!

수희, 성광을 보고는 뭐라고 손짓발짓을 해가며 징징거리지만 알 수가 없다.

아버지 말도 더럽게 안 처먹는 돼지새끼들! 몰골도 영락없이 돼지새끼들이구만.
수를 세면 입안에서 한 개씩 꺼내라. 알간? 왜 대답이-? 없갔구나. 하나!

모두 한 개씩 꺼낸다.

아버지 둘! 셋!

수길이 더 이상 꺼내지 못한다.

아버지 황수길 탈락! 욕심은 고저 겁나게 많은 아새끼래 입속은
지 속알딱지처럼 쫍아터졌서.
수길 기집애들이 양쪽에서 밀잖아요.
아버지 밀리디 말았어야디. 넷! 다섯!

수근, 더 이상 꺼내지 못한다.

아버지 황수근 탈락! 아무튼 황가네는 애미나이들이 독하다.
여섯!

수희와 수현. 더 이상 꺼내지 못한다. 침을 질질 흘리며 좋아라
펄펄 뛰는 수정.

아버지 우리 막냉이 진짜 아깝게 탈락. 식탐으로 보면 1등인 뚱땡
이도 탈락.
수희 억울해요. 두 개나 꼴깍 넘어갔단 말이에요.
아버지 기래. 먹을 걸 물고만 있는 건 무리디.

수현   (허리를 숙여 인사) 큰 매형 오셨습니까.

성광   어 그래. (수희에게 다짜고짜) 당신 처제한테 진 거야?

수희   왜 이제 왔어요? 내가 얼마나 외롭고 배고팠는지 알아요?

아버지 (수정에게) 오데 얼마나 처넣었나 한 번 꺼내보라. 일곱, 여
       덟, 아홉….

수정   끝.

아버지 독한 애미나이 스티커 한 장! 쯧쯧… 고저 침들 좀 닦으
       라. 현재 순위가 어드르케 되네?

김비서 1위는 막내도련님. 스티커 세 장입니다. 2위는 스티커 두
       장인 작은 도련님, 3위는 각각 스티커 한 장씩인 아가씨들
       입니다.

성광   뭐야? 당신 왜 3등밖에 못 했어?

수희   (울먹이며) 미안해요. 온몸 내던져서 순교정신으로 임했지
       만….

수길   안 늦었어. 이제라도 보이콧 하자. 응?

아버지 실망하디 말라. 마지막 경기에는 스티커가 왕창 걸렸댔어.
       지금까디 경기 결과를 완전히 뒤집을 수도 있다. (김 비서에
       게) 준비하라!

       모두의 눈이 긴장감으로 반짝거리는데 김 비서가 총을 한 자루씩
       나눠준다.

수정   이게 뭐예요?

수근   해병대 캠프라도 보내시게요?

수길   (이리저리 살피고 만지며) 설마 진짜 총은 아니죠?

아버지   살아남기 위해서는 죽이라. 죽여야 살 수 있으니끼니.

수희   (총을 냅다 던지며) 주여…!

아버지   겁먹기는. 애미나이래 써바이벌 게임도 모르네?

수정   무기를 던지는 건 투항하겠다는 의사죠 아버지?

화들짝 놀라 총을 다시 집어 드는 수희.

그때 며느리 명주가 나타난다. 명주는 커다란 선글라스를 썼지만 눈 주변과 이마 전체를 감고 있는 붕대와 반창고를 감추기에는 역부족이다.

명주   죄송합니다. 많이 늦었어요. (하다가 수길 보더니) 황 원장! 꼴이 이게 뭐야? 이게 얼마짜리 양복인데!

수길   (버럭) 왜 이렇게 늦게 와요?!

명주   깜짝이야. 이 인간이 미쳤나…? 나중에 얘기합시다. (아버지에게 쪼르르) 아버니이이임! 저 못 오는 줄 알고 속상하셨죠?

아버지   늦게 온 주제에 시끄럽다!

수현   (깍듯하게) 형수님 오셨습니까.

명주   오랜만이에요 도련님. 못 본 새 더 멋있어졌다.

수희   올케는 중요한 바자회 있다더니 파전 부치다 쌍판데기에 화상이라도 입었어요?

명주	우리 아가씨 말도 참 이쁘게 하지. (킁킁) 술 마셨어요?
수희	왜요? 난 술 마시지 말라는 법 있어요? (침을 후룹)
성광	정신 차려 여보. 당신은 왜 스티커가 한 장뿐인데?
명주	스티커…? (하며 고개를 돌리려는데)
아버지	넌 매우 중대하고도 중대한 계모임이 있다고 안 했네?
명주	중요한 바자회가 있긴 있었는데요 제 상태가 이래서 마음만 보냈어요.
아버지	여기도 마음만 오지 기랬네. 쯧쯧… 하도 땡겨놔서 말할 때 입술에 경련 온다.
성광	(버럭) 덩치값도 못하고 뭐한 거냐구!
수희	내 덩치가 왜요! 나도 이 덩치에 삼겹살 말고 꽃갈비살 좋아한다구요. 왜 다들 내가 삼겹살만 먹을 거라고 생각하는 건데요?
수정	오~ 식탐주정 시작됐다!
수근	(자리 잡고 앉으며) 야~ 간만에 재미난 구경하겠네.
성광	식탐주정?
수정	일단 보세요 형부. 꽤 볼만할 테니.
수희	엄마는 오빠만 콩국물 듬뿍 부어주고. 내 콩국수는 비빔국수야? 왜 난 콩국물을 그것밖에 안 줘. 왜?! (아련하게) 그리고 간장게장… 내가 간장게장 얼마나 좋아하는지 알지? 나도 몸통 들고 쭉쭉 빨아먹고 싶어. 집게다리 붙잡고 살 파먹기 싫단 말이야. 알배기는 또 얼마나 좋아한다고. 주황색 알이 잔뜩 밴 간장게장을 하얀 밥 위에 올리고 깨소

금 솔솔 참기름 톡 비벼먹으면…! 흐흑… 맛있어. 너무 맛있어. (후룹 침을 삼킨다)

성광　아 진상….

수희　내가 어릴 때 하도 못 먹어서 딸이라고 맨날 굶겨서 얼마나 쇠꼬챙이처럼 말랐었는 줄 알아 여보?

성광　누가 믿어 그 말을?

수희　나도 김치찌개에 들어간 돼지고기 좋아해. 두부 말고 비계 붙어있는 돼지고기 좋아한다고. 나는 채식주의자가 아니야. 나는 누가 뭐래도 육식주의자야.

성광　딱 봐도 당신 육식주의자야.

수희　근데 왜 자꾸 두부만 건져 줘? 왜 비계 붙은 고기는 오빠 밥 위에 다 건져놓고 나한텐 두부만 주냐고! 왜…?!! (하더니 실이 툭 끊긴 것처럼 갑자기 눈이 풀려버린다)

수근　(수희 눈앞에 손을 흔들며) 뭐야? 벌써 끝났어요? 큰누님도 체력이 예전 같지 않네.

수길　참고로 난 비계 붙은 돼지고기 별로다. 살코기 좋아하지.

성광　(수근에게) 근데 처남은 뭘 해서 2등을 꿰찬 거야?

명주　서방님이 2등을요? (점수판을 본다) 뭐야? 당신은 왜 스티커 없어? 당신 설마 꼴찌야?!

수길　그래서 빨리 오랬잖아요.

명주　무슨 수로 더 빨리 와? 근데 왜 꼴찌야? 왜 당신이 꼴찌냐구!

수길　왜긴 왜겠어요! 젤 늦었으니까 꼴찌죠! 괜찮아요. 아직 안 끝났어요. 진정한 싸움은 이제부터니까. (총구를 휘두르며) 싹 다 죽여버리면 그만이야.

그 한 마디에 어쩐지 으스스한 기분이 되는 형제들. 아버지, 음산하게 낄낄거린다.

아버지   기래. 진짜는 지금부터디. 김 비서, 경기 규칙 설명하라.

김비서   (수첩을 보고) 지급된 총에는 총알이 각각 열 발씩 장전되어 있습니다. 게임 중에 오발된 총알이 있다고 해도 재지급이 불가하므로 가급적 신중하게 조준하셔야 합니다. 게임 시간은 5분. 종료 후 남은 총알이 있어도 실격입니다. 스티커 지급에 대해 알려드리겠습니다. 1등은 총상이 가장 적은 분으로 스티커 네 장이 걸려있습니다.

수정   앗싸! 뒤집을 수 있어!

김비서   두 분이 공동1등인 경우 스티커는 반으로 줄어든 두 장, 세 분이 공동1등인 경우는 각각 한 장씩입니다. 매우 드문 확률이지만 공동1등이 네 분인 경우 승부는 원점으로 돌아갑니다.

성광   (수희의 총을 빼앗으며) 이 사람 취했으니까 제가 대신하겠습니다.

아버지   빠지라. 내 새끼들끼리 총질해대는 꼴이 보고 싶다.

수희   목사님 나만 믿어요! 내가 반드시 다 죽여버릴 테니까.

'맙소사!' 하는 표정을 짓는 성광. 아버지는 느긋하게 관람 자세를 취하고 앉는다.

눈짓으로 형제들을 불러 모으는 수정.

수정　아무리 생각해도 이상해요. 이건 쟤한테 불리한 게임이잖아요.

수근　그러네.

명주　함정의 냄새가 난다 황 원장.

성광　(안절부절못하는 수희에게) 당신 왜 그래?

수희　오줌 마려워요.

성광　도대체 얼마나 마셔댄 거야? 참아! 싸서 말리든가.

수정　다들 누구부터 제거해야 되는지 알죠?

수희　빨리 시작해요. 방광 터지겠어요.

아버지　(김 비서에게) 준비됐네?

김비서　(타임워치를 들어 보이며) 네.

아버지　기럼 시작하라!

수희가 냅다 수현을 쏜다. 수현의 가슴에 새빨간 물감이 번진다.

수희　아싸! 나 안 취했다.

성광　빨리 숨어!!

후다닥 흩어져 숨는 형제들. 제각기 모습을 보였다 감췄다 하며 총질을 한다.

명주와 성광은 훈수를 두느라 열을 올리고 아버지는 너무 웃어서 눈물까지 찔끔거린다.

김 비서는 그 와중에 뭔지 모를 메모를 열심히 하고 있다.

(※ 이 장면은 대사를 완전히 배제할 수도 있다. 오로지 총성과 비명, 웃음소리만으로 포악한 광기가 표현된다면 그것도 좋겠다.)

명주	이쪽 이쪽! 아니 여보. 저쪽 저쪽!
수길	쥐새끼 같은 자식!
성광	이봐! 엉덩이 다 보이잖아!
수희	덩치 때문에 불리해요 여보.

수희와 수정, 딱 마주친다. 서로에게 총구를 들이대는 두 사람.

수정	협상하자. 우린 한 편이야. 알지?
수희	좋아. 재수 없는 새끼 먼저 해치우고 만나.

두 사람 다시 엇갈린다.

수길	(소리만) 아이고, 깜짝이야!
수희	(소리만) 뭘 그렇게 놀래요?
수길	(소리만) 똑바로 보고 다녀.

잠시 후 살금살금 지나가는 수근의 등 뒤에서 수길이 나타난다.

수길   (총구를 들이대며) 총 버려!

수근   그건 아니죠. 총을 버리면 어떡해요?

수길   맞나?

수길, 수근을 쏘고 도망친다.

명주   나이스 샷!

수근   이거 기분 묘하게 더럽네.

반대쪽에서 인기척을 느끼고 재빨리 다가가는 수근.

수근   (소리만) 잡았다.

잠시 후 수근이 수현의 등 뒤에 총구를 들이댄 채 나타난다.

명주   오오~ 도련님 한 건 했네요?

수근   개인적인 감정은 없다 막냉아.

수근, 수현을 쏜다. 나무 뒤에서 수길이 나타나 수현을 쏜다. 두어
발 빗나간 다음 맞힌다.

수길   난 개인적인 감정도 많다.

수근이 재빨리 수길을 향해 몇 발 쏘지만 쏙 사라지는 수길.
이번엔 수정이 수희의 등 뒤에 총구를 들이대고 나온다.

수희   협상하자며? 한 편이라며?
수정   그런 게 어딨어?

쏘고 도망가는 수정. 수희, 분해서 뒤에 대고 총질을 해댄다.

성광   (버럭) 당신 미쳤어?! 총알 아껴!!

수길과 수근, 거의 동시에 수희에게 몇 발을 쏘아 맞히고 모습을
감춘다.
무슨 일이 벌어진 줄 몰라 어리둥절한 수희.

성광   숨어 이 돼지야!

그제야 허둥지둥 숨는 수희. 아버지, 간식을 입에 넣다 말고 성광
을 돌아본다.

아버지   내 딸한테 돼지라고 했네?
성광   죄송합니다 장인어른. 흥분해서 저도 모르게 그만….

수정과 수희의 비명과 함께 뭔가 엎치락뒤치락하는 소리. 몇 발의 총성.

수정　(소리만) 뭐야? 오줌 싸는 거야 언니?

수희　(소리만) 그럼 어떡해. 터지게 생겼는데.

달려 나오는 수정과 반대쪽에서 나온 수근이 딱 마주친다.

수근　오 나의 작은 누님!

수정, 망설임 없이 쏜다.

수근　은 인정사정 없지. (총구를 수정을 향하며) 저도 쏩니다.

수정　(거만하게 웃으며) 넌 날 쏘지 못해. 왜냐? 내가 가진 힘을 두려워하고 있거든.

당당하게 돌아서는 수정. 수근, 냅다 쏘고 도망친다.

수정　저 새끼가!? 야! 나한테 함부로 굴다 뒈지는 수가 있어!

느닷없이 나타나는 수길. 등 뒤에서 수정을 쏘고 다시 숨는다.

수정　누구야? 어떤 놈이 비겁하게 뒤에서 공격해?

명주 그 어떤 놈 우리 황원장이에요 아가씨!

그때 수길이 벌떡 일어나 쏜 총에 명주가 맞는다. 명주의 옷이 벌 겋게 물든다.

명주 꺅! 당신 미쳤어?

아버지, 명주를 보더니 낄낄거리며 좋아 죽는다.
수희, 수정의 반대편에서 살금살금 나타난다. 덜덜 떨며 무사히 사라지는 수희.
어둠 속에서 신중하게 나타나는 수현. 사방에서 동시에 고개를 내민 형제들이 수현에게 집중포화를 퍼붓는다.

수희 난 몰라. 총알 떨어졌어!
성광 등신! 그걸 말하면 어떡해? 숨어!!

수희, 쏙 들어간다. 아버지가 성광을 째려보지만 성광은 외면하며 '될 대로 돼라'는 표정을 짓는다.
계속해서 산발적인 총성.

수희 (소리만) 꼼짝 마!
수근 (소리만) 누님은 총알도 없잖아요.

수길, 고개를 내미는데 바로 곁에 있던 수근이 쏜 총에 맞는다. 수근은 냅다 숨는다. 우당탕 소리 들리고 이어지는 총성 세 발.

수정   (소리만) 뭐야?

수길   (소리만) 뭐지?

네 형제, 사방에서 등을 진 채 살금살금 등장하다가 화들짝 놀라 서로에게 총을 쏜다. 하지만 넷 모두 총알을 이미 소진한 상태. 마침내 수현이 유유히 나타난다. 무방비 상태로 공포에 떠는 형제들.

수정   저… 저 자식 어디 숨었다 나타난 거야?

수현   (수근을 향해 정조준) 저도 감정은 없습니다 형님. (쏜다. 수정을 정조준 한다) 제가 싫으시죠?

수정   (양손을 들어 진정시키듯) 이러지 마…

수현   괜찮습니다. 저도 누님이 싫으니까요. (쏜다. 피하는 수정을 한 발 더 쏴서 맞힌다)

수정   교활한 자식. 죽여버릴 거야!

이미 총알이 떨어진 총을 수현을 향해 휘두르는 수정. 형제들이 붙잡지 않았으면 개머리판으로 수현을 칠 뻔했다.

수현   (수길을 향해 씨익 웃으며) 봐드릴까요 형님?

수길	그래 막내야. 봐주라 제발!
수현	봐드려도 고마운 줄 모르시잖아요.

말이 떨어지기 무섭게 도망치는 수길을 침착하게 조준해서 정확히 두 발을 맞히는 수현. 남은 총알을 허공을 향해 쏜다.
그와 거의 동시에 종료휘슬을 세차게 부는 김 비서. 아버지, 흥분으로 온몸을 떨며 웃는다.
극심한 혼란에 빠져 자기 몸에 생긴 총상을 셈하기 바쁜 형제들.

수현	제가 알려드릴게요. 각각 네 구의 총상을 입어 네 분 모두 공동1위. 승부는 다시 원점입니다. 죄송하지만 헛수고하셨네요.

모두 경악한다. 그들은 이제 더이상 사람이 아니라 짐승에 가깝다. 각자 왕왕대지만 너무 흥분해서 무슨 소린지 전혀 알아들을 수가 없다.
뭐가 우스운지 숨이 넘어갈 듯 낄낄거리는 아버지.
형제들은 알아들을 수 없는 괴성을 지르며 점수판에 붙은 스티커를 잡아 뜯는다. 그리고는 먹이를 찾아 두리번거린다. 눈빛과 몸짓이 사람보다는 맹수에 가깝다.
으르렁 소리, 포효 소리. 이제 이곳은 생존을 위해 먹고 먹히는 정글이다.
마침내 모두의 시선이 수현에게 꽂힌다. 본능적으로 도망치려는 수현.

명주와 성광까지 가세해 수현에게 덤벼들어 무지막지하게 내리누른다.

아버지, 너무 웃다 콜록거리며 휠체어에서 미끄러져 떨어진다.

김 비서, 아버지를 휠체어로 다시 올리려다 말고 형제들과 눈이 마주친다. 공포를 느끼며 슬금슬금 도망치는 김 비서를 수희와 명주가 붙잡는다.

그 사이 청테이프와 끈을 찾아와 수현을 결박하고 입을 틀어막는 성광.

수희와 명주가 김 비서를 데려다 수현과 함께 결박한다.

다음 먹이를 찾아 두 눈을 굴리는 그들.

수현과 김 비서, 안 나오는 소리로 악을 쓰며 버둥거린다.

아버지, 거의 실성한 듯 웃다 콜록거린다.

그들의 시선이 아버지를 향한다. 아버지를 향해 서서히 다가가는 그들.

굶주린 야수가 공격 직전에 내는 위협적인 그르릉 소리 들린다.

이성을 잃은 그들이 아버지를 포위해 양팔을 들어 올려 공격하려는 순간 '엘리트 학원'이라고 써있는 봉고차가 들어오며 그들을 향해 헤드라이트 불빛이 쏟아진다. 작은사위 대로가 차 문을 열고 내린다.

일순 움직임을 멈춘 채 돌아보는 형제들.

대로   어? 이게 지금 무슨…? 아버님!!

대로, 얼른 달려가 아버지를 일으켜 휠체어에 앉힌다.

대로　다친 데는 없으세요? (수정에게) 당신 전화 왜 안 받았어?
다 와가지고 요 앞에서 한참 헤맸잖아. 소풍은… 벌써 끝
난 거야?

김 비서와 수현이 막힌 입으로 우어어어 소리를 내며 버둥거린
다. 대로가 눈치를 보며 달려가 두 사람의 입에 붙은 테이프를 떼
낸다.

대로　(풀어주며) 무슨 일입니까 김비서님?
김비서　….
대로　(풀어주며) 이게 다 무슨 일이야 처남?
수현　(툭툭 털며) 놀이가 재밌으면 과격해질 때도 있죠.

그제야 정신을 차린 수희가 화들짝 놀란 표정으로 주위를 둘러보
더니 울기 시작한다. 다른 형제들도 슬슬 정신이 돌아온다.

성광　(수희에게) 그만 가.
수희　(울먹이며) 아버지… (성광에게) 분당 부지는?
성광　걱정 마. 내가 누군데. 절대 눈 뜨고 안 당해.

성광, 아버지에게 슬쩍 목례한다. 수희는 그마저도 못 하고 고개

를 숙인 채 울며 나간다.

정신을 차린 명주가 여태 멍한 수길의 옆구리를 쿡 찌른다.

명주　뭐해. 가자.

수길　제가 장남입니다. 아버지 돌아가시면 제사는 저희가 지내
　　　　드린다구요.

명주　유산 문제는 재고해주실 걸로 믿고 갈게요.

당당하게 나가는 명주와 뒤따르는 수길.

수근은 악몽이라도 꾼 것 같은 얼굴로 끔찍한 기분을 털어내려
마른세수를 한다.

수근　죄송합니다 아버지. 지지리 못나서 죄송하고 잘난 형님
　　　　누님들 때문에도 죄송합니다. 흠… 저는 2등이면 대만족
　　　　이에요. 대만족… (허탈한 얼굴로 잠시) 술 깨기 전에 어디 가
　　　　서 후딱 한 잔 빨아야겠다.

수근, 와중에 남은 맥주가 든 비닐봉지를 챙겨 들고 유유히 사라
진다.

수정도 일어선다. 자존심만은 무너뜨리지 않겠다는 듯 벗어두었
던 정장 상의를 챙겨 입고 머리를 매만지는 수정. 마지막으로 수
현을 돌아본 다음 아버지에게.

수정   법대로 하면 돼요. 법으로 안 되면 법 위에 있는 사람들 도움받을 거구요. 황수정 끗발 아직 살아있으니까. 진짜 힘이 뭔지 제가 다 보여드릴 수 있다구요. (나가며 혼잣말로) 아무도 나한테 함부로 못 해. 아무도.

대로   (잰걸음으로 수정을 쫓아가며) 무슨 일인데 자기야? 뭐야? (아버지에게) 장인어른 죄송합니다. 그럼 전 다음에 다시….

대로, 봉고차 문을 열어주지만 지나쳐서 그냥 가버리는 수정.
잠시 어쩔 줄 모르고 머뭇거리다 아버지를 향해 꾸벅 절하고는
내빼듯 봉고차를 후진시켜 떠나버리는 대로.
아버지를 향해 씩 웃어 보이는 수현.

수현   우리가 이긴 건가?

아버지   (의미심장하게 웃으며) 우리라고 했네?

수현   이심전심. 아빠 마음이 내 마음 아니겠어? (손하트 하며) 최대한 빨리 정리해줘. 그래야 나도 마음 편히 한국에 정착할 준비를 하지.

긍정도 부정도 아닌 웃음을 보내는 아버지.
수현이 만족스러운 표정으로 떠난다.
형제들이 떠나갈 동안 물건들을 수레에 다 실은 김 비서가 아버지 곁으로 다가간다.
아무 일 없었다는 듯 다시 고요해진 잔디밭.

아버지   막냉이가 바나나를 움켜쥐고서리 빈손인 척 하는구나야.

김비서   (아버지 옷의 흙먼지를 털어주며) 그래도 악어새만큼은 악어 편
아니겠습니까.

아버지   악어 아가리 속에 들어가 기생충 파먹고 나면 훨훨 날아
가 버리는 고거이 악어새 아니갔네.

아버지, 공허하게 웃는다.

김비서   어디로 모실까요?

아버지   고저 회나 한 접시 하갔서? 오랜만에 소맥 한 잔 하자.

김비서   맛있게 말아드리겠습니다.

김 비서, 휠체어를 밀며 나간다.
사위는 제법 어둡고 어디선가 휘익 바람이 분다.
소풍이 끝났다.

한국 희곡 명작선 80

소풍血혈전

초판 1쇄 인쇄일   2021년 11월 25일
초판 1쇄 발행일   2021년 11월 30일

지 은 이   김나영
만 든 이   이정옥
만 든 곳   평민사
          서울시 은평구 수색로 340 〈202호〉
          전화 : 02) 375-8571 / 팩스 : 02) 375-8573
          http://blog.naver.com/pyung1976
          이메일   pyung1976@naver.com
등록번호   25100-2015-000102호
ISBN   978-89-7115-794-7   04800
          978-89-7115-663-6   (set)
정   가   8,000원

이 책은 사단법인 한국극작가협회가 한국문화예술위원회의 2021년 제4회 극작엑스포
지원금을 받아 출간하였습니다.